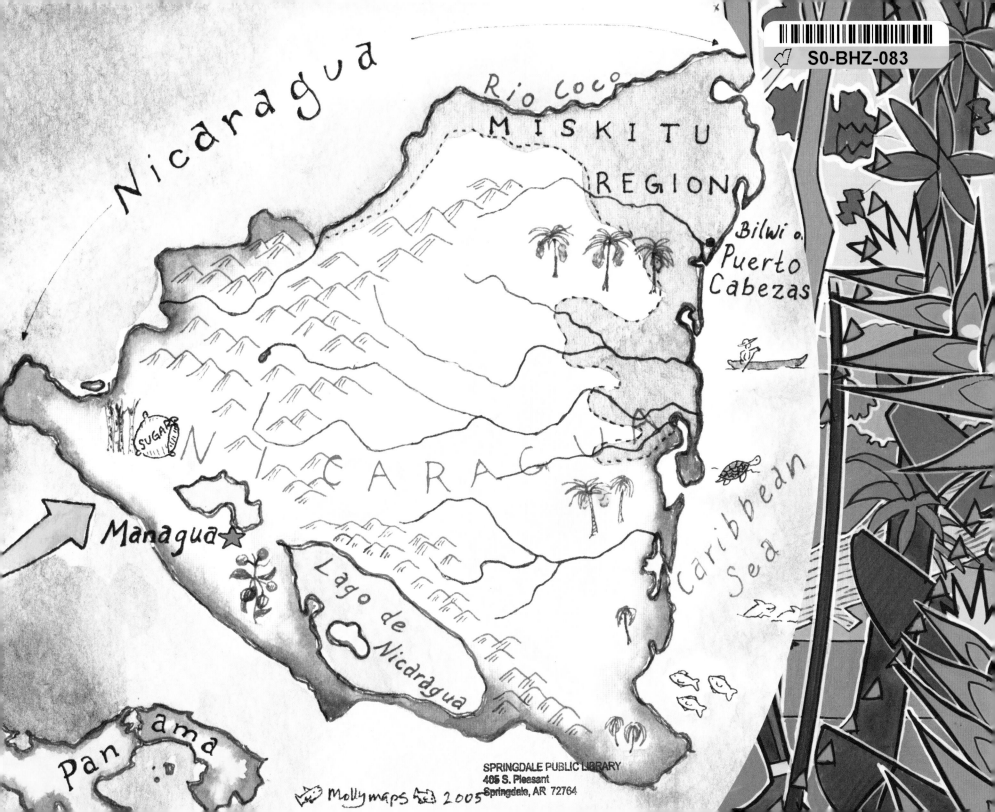

Nicaragua

Rio Coco

MISKITU
REGION

Bilwi o.
Puerto
Cabezas

N I C A R A G U A

SUGAR

Managua ★

Lago de Nicaragua

Caribbean Sea

Panama

Mollymaps 2005

Trisba & Sula

Una leyenda de los Miskitos de Nicaragua

A Miskitu Folktale from Nicaragua

Adaptado por/ Adapted by
Joan MacCracken

Ilustrado por/ Illustrated by
Augusto Silva

Tiffin Press

Orono, Maine

Hace mucho tiempo, en la tierra del pueblo Miskito, vivía una mujer cuyo esposo había muerto. Su esposo había sido un cazador fuerte y sabio que aprovisionaba bien a su familia. Ahora, su hijo Trisba tenía que empezar a cazar. Empezó a entrar al bosque para cazar a muchos tipos de animales, especialmente a los venados. El jaguar y el águila, quienes habían sido buenos acompañantes del padre de Trisba, ahora acompañaban siempre al joven cazador.

Once upon a time long ago in the land of the Miskitu people there was a woman whose husband had died. He had been a strong and wise hunter providing well for the family. Now, her son whose name was Trisba would have to do the hunting. He began to go into the forest and hunt many different kinds of animals, but mostly the deer. The jaguar and the eagle, who had been close companions of Trisba's father, always accompanied the young hunter.

Un día, Trisba vio a una bella mujer joven caminando por el bosque. La llamó y le preguntó —¿Joven mujer, adónde vas?

Ella le miró y le respondió,

—Voy al pueblo en busca de comida.

—¿Cómo te llamas?— le preguntó.

—Sula, ¿ y tú?

—Soy Trisba.

De repente, Trisba se llenó de amor por Sula. Le propuso matrimonio y la invitó a la casa de su madre. La bella mujer joven aceptó casarse con él, porque también sentía un amor repentino. Y pronto, se casaron en el pequeño pueblo y todo parecía ir bien.

One day he saw a beautiful young woman walking in the forest. He called to her, "Young woman, where are you going?"

She turned to look at him and replied, "I am going to the village in search of food."

"What is your name?" he asked.

"Sula, and yours?"

"I am Trisba."

Immediately Trisba was filled with love for Sula. He proposed to marry her and invited her to his mother's home. The beautiful young woman accepted his proposal, for she too felt an instant love. And soon they were married in the little village and all seemed fine.

Para demostrarle a Sula que era un cazador poderoso, Trisba
empezó a entrar en las montañas cada día antes del amanecer.

To show Sula that he was a powerful hunter, Trisba began to go
into the mountains every day at dawn.

Pero cada vez que él regresaba cargando a un venado sobre la espalda, Sula se ponía muy triste y a veces hasta lloraba.

But each time he returned with a deer upon his back, Sula would be very sad and sometimes even cry.

La madre de Trisba notó que Sula estaba triste y desanimada y que ella no comía la carne de venado. La madre le dijo a Trisba—Hijo, esto me parece muy extraño, de verdad, y debes tener cuidado.

Trisba le preguntó a Sula si algo estaba mal. Ella le respondió solamente:— Extraño a mi familia. Trisba se fue sin decir nada. Pero el corazón le dolía por su propio padre, también.

Trisba's mother noticed that Sula was unhappy and discouraged and did not eat the meat of the deer. His mother said, "Son, this seems very strange, indeed, and you should be careful."

Trisba asked Sula what was wrong. She replied only, " I miss my family."

He walked away saying nothing. But his own heart ached for his father, too.

Trisba pasaba más y más tiempo en las montañas cazando cada vez más venados. Sula se ponía más y más triste. Mientras tanto, el jaguar y el águila echaban de menos al padre de Trisba, quien cazaba solamente lo que necesitaba para mantener a su familia.

Trisba spent more and more time in the mountains hunting more and more deer. Sula grew sadder and sadder. Even the jaguar and the eagle missed Trisba's father, who had killed only that which his family needed.

La madre de Trisba se despertó de una terrible pesadilla. Ella alertó a su hijo que no debía adentrarse en el bosque. Presentía un gran peligro y temía que algo le podía suceder.

Trisba no le hizo caso. Al contrario, tomó varios tragos de sihkru, una bebida potente, y le dijo a su madre que cazaría solo. Trisba dijo:— Dejaré mi jarro de sihkru aquí y si burbujea y chisporrotea y se convierte en sangre, esto será una señal de que estoy en grave peligro. Entonces debes enviar al águila y al jaguar a encontrarme.

Trisba's mother awoke from a terrible dream. She warned her son that he should not go into the forest. She sensed a great danger and feared something might happen to him.

Trisba did not listen to her. Instead, he took several large swallows of sihkru, a potent drink, and told his mother he would hunt alone. He said, "I will leave my jug of sihkru here and if it bubbles and fizzes and converts into blood, this will be a signal that I am in grave danger. Then you should send the eagle and jaguar to find me."

Después de que se fuera Trisba, su madre vio el jarro y probó la bebida. Ella tomó un trago, y luego otro y uno más, hasta que le entró un gran sueño. Cuando la mujer cerró los ojos para dormir, Sula rápidamente se transformó en una venada elegante y veloz y salió de prisa para alertar a su padre que era el rey de los venados.

After her son left, the mother saw the jug and tasted from it. She took a swallow and then another and another until she became very sleepy. When the woman closed her eyes to sleep, Sula quickly transformed herself into a graceful, swift doe and rushed off to warn her father, king of the deer.

Pero el rey de los venados ya se había dado cuenta del peligro.
Silbó y todo tipo de animales vinieron hacia él, principalmente los
venados. No era posible contarlos a todos.

But the king of the deer had already sensed this danger. He
whistled and all varieties of animals came, but mostly the deer. It
was not possible to count them all.

Cuando llegó Trisba, los venados lo rodearon. Al ver que no podía escapar, subió rápidamente a un árbol. Desde allí, disparó una flecha hacia el rey de los venados. Pero el rey, aunque herido, no murió. Al contrario, el ambiente se volvió más peligroso. El rey de los venados se hizo más grande y ahora tenía dos cabezas.

When Trisba arrived, the deer surrounded him. He saw that he was unable to escape and quickly climbed up a tree. From there he shot an arrow at the king of the deer. But, the wounded king did not die. Instead, the scene became more dangerous. The king of the deer grew larger and now was with two heads.

Mientras, en el pueblo, la madre de Trisba se despertó y notó que el sihkru estaba burbujeando y chisporroteando. Ella gritó:—¡ Ay, mi pobre hijo está en peligro! Ella envió rápidamente al jaguar y al águila para encontrarlo, pero Trisba estaba muy lejos.

Back in the village his mother awoke and saw that the sihkru was bubbling and fizzling. She cried, "Oh, my poor son is in danger!" She quickly sent the jaguar and the eagle to find him, but he was far off.

Mientras tanto, Trisba, estando arriba del árbol en el bosque, lanzó otra flecha y esta vez el rey herido se convirtió en un monstruo con cuatro cabezas. Trisba estaba muy asustado y no veía cómo escapar. Aunque intentó agarrarse del tronco y de las ramas, el monstruo sacudió el árbol con tanta violencia que el joven cazador cayó al suelo.

Meanwhile, in the forest high up in the tree Trisba shot another arrow and with this the king became a monster with four heads. Trisba was very frightened and saw no escape. Though Trisba tried to hang on to the trunk and branches, the monster shook the tree so violently that the young hunter fell to the ground.

De repente, apareció en un claro de la selva, la hermosa venada. Los animales le abrieron un camino hacia su esposo caído. Ella se acercó y se paró a su lado.

Suddenly in a clearing the lovely doe arrived. The animals opened a path to her fallen husband. She approached and stood next to him.

Y cuando ella se arrodilló para secarle la frente, la graciosa venada se transformó de nuevo en la hermosa y joven mujer.

—Trisba— dijo ella,—ellos son mi familia. No te harán daño, si solamente te dieras cuenta que no deberías hacernos daño a todos. Mis hermanos y hermanas te proveerán de comida, pero solamente de acuerdo a tus necesidades. La matanza de ellos sería tu destrucción también.

And as she knelt down to wipe his brow, the graceful doe transformed back into the lovely young woman.

"Trisba," she said, "these are my family. They will not hurt you, if you will only realize that you must not hurt us all. My brothers and sisters will provide food for you, but only as you need it. Their slaughter would be your destruction, too."

El joven cazador, estremecido, alargó la mano y tocó el brazo de Sula. Trisba vio en sus ojos una verdadera preocupación hacia todos los animales del bosque. Y su amor hacia ella volvió a abrir su corazón.

En ese momento, llegaron el jaguar y el águila. Ellos también pudieron sentir el cambio de actitud en el joven cazador, y sabían que ahora sí haría honor a la manera de vivir de su padre.

The young and shaken hunter reached up and touched her arm. He saw in her eyes the true concern for all the animals of the forest. And his love for her reopened his heart to all.

At that moment the jaguar and eagle arrived. They too could sense the change in the young hunter's attitude and knew he would now learn to honor his father's ways.

Author's Note

Many stories about the deer and the Miskitu people have been passed down through the generations. The folklore describes the presence of a keeper of the deer (sula dawan) who watches over these animals and protects them from overhunting. *Trisba & Sula* was adapted from a Miskitu folktale called *Sula Mairin Kisika/ El Cazador y La Venada**. According to Augusto Silva, the illustrator, and several others, this published story is different from the version they remembered hearing in their childhood. I am very grateful to Adán Silva Mercado, Ana Rosa Fagoth and Fidel Wilson Centeno of Tininiska, the Miskitu Cultural Center in Puerto Cabezas, Nicaragua for their valuable assistance in helping with this new adaptation. *Trisba* is the Miskitu word for *arrow* and *Sula* is their word for *deer*. To this day, the Miskitu people want to encourage environmentally sound hunting practices. Their villages are beautifully maintained and their children are smiling and playful.

Augusto Silva started illustrating Miskitu folktales when he was a teenager. After twenty years pursuing his painting career, he now comes full circle to once again work on this folktale project. We met in his hometown of Puerto Cabezas and instantly I knew he was the artist for this book. As a painter, he is well recognized in Nicaragua for his unique style and vivid use of color.

*Yu Kum Kan/Habia Una Vez, by Sol Montoya/Polinario Sebastián, CIDCA/UCA, Managua 1990

Nota de la autora

Muchos cuentos sobre los venados y el pueblo miskito han sido transmitidos a través de las generaciones. Las leyendas tradicionales describen la presencia de un cuidador de venados (sula dawan) que vigila a los animales y los protege de la sobrecaza. *Trisba & Sula* fue adaptado de un cuento tradicional, *Sula Mairin Kisika/ El Cazador y La Venada.* * Según Augusto Silva, el ilustrador, y otras personas, este cuento publicado es distinto de la version que ellos recuerdan haber escuchado en su niñez. Estoy muy agradecida a Adán Silva Mercado, Ana Rosa Fagoth y Fidel Wilson Centeno de la Asociación Cultural Tininiska en Puerto Cabezas por la ayuda valiosa con esta nueva adaptación. *Trisba* es la palabra miskita que significa flecha y *Sula* significa venado. Hasta hoy día, el pueblo miskito quiere fomentar las prácticas ecológicamente sanas de cazar. Sus pueblos son hermosamente mantenidos y sus niños están sonrientes y son juguetones.

Augusto Silva comenzó a ilustrar cuentos tradicionales miskitos cuando era un adolescente. Después de veinte años de seguir su carrera como pintor, ahora vuelve al punto de partida de otra vez a trabajar en este proyecto folklórico. Cuando nos conocimos en su pueblo natal de Puerto Cabezas, al instante sabía que él era el artista para este libro. Como pintor, es bien reconocido en Nicaragua por su estilo único y uso de colores vivos.

*Yu Kum Kan/Habia Una Vez, por Sol Montaya/Polinario Sebastián, CIDCA/UCA, Managua, 1990.

Dedicado a todos los niños curiosos y listos de los pueblos miskitos
y a mis hijos, Timoteo y Molly   JM

Dedicado a mi papá Adán Silva por apoyarme y por ser un gran promotor de la cultura miskita y costeña,
y a mi hijo Ellioth Saul y a todos los niños de Nicaragua   AS

Dedicated to all the curious and bright children of the Miskitu villages
And to my children, Timothy and Molly   JM

Dedicated to my father Adán Silva for his support, and for being a
great promoter of the Miskitu and coastal culture
to my son, Elliot Saul and to all the children of Nicaragua   AS

Acknowledgement
Many friends have assisted me with this project. I want to thank the Parajons for welcoming my family to Nicaragua. I especially recognize and thank Miki Macdonald for her enthusiastic support and assistance and her treasured friendship, and for introducing me to the Miskitu people of the Atlantic Coast of Nicaragua.

Reconocimientos
Muchos amigos me han ayudado durante todo este proyecto. Quiero dar las gracias a la familia Parajón por recibir a mi familia en Nicaragua. Y más, quiero reconocer y dar las gracias a Miki Macdonald por su apoyo entusiasta y su amistad invalorable y por mostrarme al pueblo especial miskito de la costa Atlántica nicaragüense.

Todas las ganancias de la venta de este libro estarán usadas para promover los programas de alfabetización en Nicaragua

All profits from the sale of this book will be used to promote literacy in Nicaragua

Tiffin Press

Text Copyright © 2005 by Joan MacCracken   Illustrations Copyright © 2005 by Augusto Silva
All rights reserved. No part of the content of this book may be reproduced without permission from the publisher
Tiffin Press 26 University Place Orono, Maine 04473.
Spanish Translation by Isabel Macdonald, Adán Silva Mercado, María Fuentes Linguistic Consultant Kathleen Ellis, Maria Carmen Sandweiss,
Mapmaker Molly Holmberg www.mollymaps.com   Graphic Design Consultant Craig Demarest, Northeast Reprographics, Bangor, ME
Text set in Lucida Sans Bold 14 point
The illustrations were executed in acrylics
Printed by C&C Offset Printing Co., LTD. (Hong Kong)
10987654321
First Edition
Library of Congress Control Number: 2005903156

Publisher's Cataloging in Publication Data
Adapted by MacCracken, Joan   *Trisba & Sula   A Miskitu Folktale of Nicaragua* Illustrations by Augusto Silva
Summary: A young Miskitu man loses his father and must provide for his mother. Initially, he hunts too many
deer. With a magical twist, his love for a beautiful young woman helps him realize his unwise practice.

Adaptado por MacCracken, Joan   *Trisba & Sula   Una leyenda de los Miskitos de Nicaragua* Ilustraciones por Augusto Silva
Resumen: Un joven miskito pierde a su padre y tiene que hacer provision para su madre. Al principio, caza demasiados venados.
Con un giro mágico, su amor por una hermosa mujer lo ayuda a darse cuenta de su mal proceder.
ISBN 0-9646018-4-2

1. Folktale—Nicaragua 2. Miskitu—Folklore 3. Indians of Central America 4. Spanish Language Materials—Bilingual

389.2/08997   32pp   col.ill   map; cm

*The Miskitu language has only three vowels: I, U, A. Historically, the Spanish have used the word Miskito and English-speaking countries
had traditionally followed this convention. However, there recently is an attempt by the Miskitu people to bring their traditional spelling
into current texts. Use of both Miskitu and Miskito will be of assistance when searching for further information*

ORTH
AMERICA
Atlantic
Ocean
earth!
Pacific
Ocean
SOUTH
AMERICA
Belize
Guatemala
Honduras
El
Salvador
Nicaragua
el mundo!
Costa
Rica
Central
America